정선

●

旌善

달아실 기획시집 08

전윤호 시집

정선

●

旌善

달아실

일러두기

본문에서 하단의 >는 '단락 공백 기호'로 다음 쪽에서 한 연이 새로 시작한다는 표시이다.

시인의 말

이제 고향은 내 기억 속에 있다.
보고 싶은 사람은 떠나고
할 말은 많아도 운을 떼지 못하는
아버지 무덤이 있는 동네
늘 빚진 마음을 조금이나마 갚는 심정으로
이 시들을 썼다.
나를 기억해주는 고향 사람들에게 감사를 전한다.

사진을 허락해준 정선군과 천경선 씨, 신석호씨, 중간에서
수고한 조카 영걸에게 고맙다는 말을 전한다.

2019년 유월

전윤호

차례

2부

3부

4부

1부

고향

안개가 사방 빗장 지른 마을
아버지는 맘대로 일찍 떠나고
종일 비 오는 강과 산만 남았다

기댈 곳 찾아 떠난 길
오십 넘어도 비만 내린다
우산 속에 숨은 슬픔 노리는
빗속의 매 한 마리

눈 내리기 전
넌 오지 않고
오늘도 한밤에 떠나라는 듯
아는 집은 모두 불이 꺼졌다

강의 본명

남한강은 아우라지를 지나
문곡을 넘어
정선에서 조양강이 된다
아침에 반짝이는 강
읍내를 지나 용탄으로 흘러서
가수리 벼랑을 끼고 돌아 영월로 간다

영월에선 동강이 된다
평창서 오는 강은 서강이고
정선서 오는 강은 동강이다
동강동강 부르면 끊어진다
이제는 노인들이나 기억하는
오동나무 동 자 쓰는 동강도 사라졌다

장사에 능한 사람들이

전국에 동강이라 소문을 내더니
좋은 풍경은 다 가진 정선에서도
이제 동강이라 부른다

비오리와 원앙이 헤엄치는 강에서
카메라는 정선을 보여주는데
제목은 동강의 사계다
괜히 입속말로 아침강이라 불러본다

곤드레 장단

정선에서 아라리 부르니
가락은 조양강 타고 서울로 가고
슬픔은 비봉산에서 하늘로 오르더군

오일장엔 후회를 늘어놓은 좌판들
해질녘까지 막걸리에 취한 미련들
그리운 얼굴은 하나도 보이지 않았네

소금 지게 지고 빗속으로
앞만 보고 가다 늙은 팔자
누군들 나보다 못 살았을까

이 노래 세상 돌고 돌아
한 백 년 쏘다니다 철들면
어느 별 좋은 날 소나무 되리니
>

아리랑 아리랑 아라리요
못난 놈도 꿈이 있고
아주 못 보는 이별도 없다네

봄눈

새벽 사북에
잠깐 내린 눈은
밤새 어둠 고인
몇만 보았다

숙인 고개 위로 녹는
싸라기밥 같은 눈
시치미 뚝 떼고 계모처럼
아침이 밝았다

봄 이별

그래 알아요 조양강에 비 내리면
당신이 기르는 오리 떼가 내려오지요
서낭당이 구슬피 울던 지난밤은 어디로 갔는지
대가리 하얀 추억들이 내 속을 쪼아먹겠지요
지난겨울엔 바닥까지 다 얼었다더니
물 위를 튀어오르며 힘자랑하는
저 얼룩덜룩한 불거지*들은 어디서 올라올까요
큰물이 내려오면 막히던 다리는 새로 지어도
내 가슴에 줄을 맨 나룻배는 오늘도 쉬어요
늙은 사공이 낮잠 자는 하루는
시방도 눈 껌뻑하면 지나요

그래 알아요 검은 기차는 떠나가고
바닥도 없는 굴속으로 사라졌다는 것을
이제 우리는 정말 남이 됐네요

장날 우연히 만나면
아무 일도 없었던 것처럼
곰취장아찌 시큼함에
여량옥수수 막걸리나 한잔해요

* 불거지 : 피라미의 사투리로 수컷의 혼인색이 짙은 붉은색이라 그렇게 부르다

꽃벼루

참꽃 피면 만나기로 했지요
제일 먼저 꽃 보는 꽃벼루
당신은 나전에서
나는 구절리에서
기나긴 겨우내
분홍색 눈이 내렸어요

산머리 아직 허연데
참꽃은 언제 피나요 아버지
지게에 자반고등어 매달고
장을 다녀오다가
소문을 들었다네요
읍내 처녀와 혼담이 오간다고

꽃벼루* 눈도 안 녹았는데

참꽃이 피었네요 흐드러지게
만날 사람도 없는데
누구 좋으라 저리 피었을까요
지난밤 산속에서 들리던 울음소리
꽃그늘로 흔들려요 미친년처럼

* 꽃벼루재 : 정선 나전과 구절 사이의 재로 좁은 길이 나 있다. 봄이 오면 가장 먼저 진달래를 볼 수 있다고 한다.

다시 몰운대

길 지우며 버스 가고
눈이라도 올 듯 흐린
꽃도 이른 봄

평생 떠돌다
벼랑에 소나무로 서 있는
엄마 잃은 아이

바위는 구름의 무덤
검게 타버린 사연들
더 슬퍼지기 전에
여기서 떠날까

©정선군

동강할미꽃

겨울 바위에 주저앉아
제 속으로 우물을 파서
눈빛이 서늘한 여자
속을 뒤집는 사람들에게
변명도 없이
수많은 곡괭이질을 견뎌낸 여자
정선 장날이면
제일 먼저 좌판 깔고
사람들이 손가락질해도
절대 고개 숙이지 않는
맹독을 품은 과부
웃지 않는 아이들과
고통에 줄을 달고
봄을 길어 올리는 여자

©정선군

이별의 좌표

초속 463미터로 자전하면서
태양을 초속 29,800미터로 공전하는
이 별에서
너는 74억 명 중 한 사람으로
스쳐갔다
철쭉이 불지른 숙암* 강변이었던가
나는 그저 바로 사라지는 소리를 냈을 뿐
기억하는 단어도 없다
이 현기증 나는 세상에서 한 번 어긋나
어둠 속으로 사라져간 우리
슬픔은 속도를 못 이겨 불타고
서로 다른 태양계를 달리고 있구나
어느 봄날 다시 불강에 이르면
손톱자국 선연한
벼랑 한 구비 남겨주길

* 숙암 : 오대산에서 정선으로 흐르는 오대천이 만든 계곡으로 봄에 철쭉이 많이 피어 강물에 비치면 불붙는 것 같다 하여 불강이라고도 한다.

자미원역

철쭉 피는 오월이면
죄 없는 자들은
하늘 가는 길 열리는
자미원*으로 가야 한다

꽃멀미 나는 계절
태백선 타고 가면
아직 자미궁은 보이지 않지만
입구처럼 역이 서 있다

천국 가는 길이요?
모자 쓴 직원이 가리킨다
두위봉입니다
천오백 년 묵은 주목 세 그루가 이정표지요

뚱뚱한 배낭 짊어진 사내들이

줄지어 가는 등산로 입구
하얀 개 한 마리
반갑다 꼬리 흔든다

아지랑이 속으로
화사한 꽃등 밝히는 길
옥황상제께서 주안상 차리고
당신을 기다리십니다

꽃들이 붉은 신호등으로 깜빡이는 오월
억울하게 외로운 자들은 다행스럽게도
태백선 기차 타고
정선으로 가야 한다

* 자미원 : 하늘의 상제가 사는 곳을 자미궁이라 하고 궁의 담을 자미원이라 한다. 강원도 정선에 자미원역이 있다.

작은 아라리

깜박했는데
감자 삶았어
네가 잘 때
성한 놈들 골라
껍질 깎고 소금 뿌렸지
벼랑 밭으로
나 보러 오기 전에
친정 엄마 생각에
또 울기 전에
볼가심하렴

장날

허리 굽은 할매 좌판 벌일 때
지팡이 짚은 할배 막걸리 마신다
팔 것도 살 것도 없는 나도
팔고 싶다 겨우내 절군 시편들
쌀도 사고 콩도 사고
첫사랑도 걸어가는
좌판들이 눈부신 시장
봄볕 담은 손톱 바라보다
남의 집 처마 밑에서 깜빡 존다

정선농산물

도깨비 서점

한 해 선배 강기희는
할 말이 많아 소설가가 되었다
머리 기르고 수염 놔두고
걸핏하면 왼쪽 구호를 외쳐대
정선 노인들 눈 밖에 났다
평생 1번만 찍던 동네에
군청 앞 1인 시위는
또 얼마나 황당했던가
다슬기처럼 집을 지고 다니더니
비 오면 차 끊어지는 골짜기
덕산기에 책방을 차렸단다
어차피 안 살 놈은 읍내라도 안 오지
동네 산을 주름잡던 송구가
겁 많은 애들 울리다가
까마귀도 얼어 죽던 겨울 사라졌는데

지금 보니 계곡에서 책을 판다
책도 안 읽는 사람들 비웃으면서
반딧불을 모아 밤을 밝힌다
엄마는 시장에서 나물을 팔고
아들은 산 중에서 책을 판다
미련한 사람만 보면 장난치는
도깨비처럼

정암사

사랑을 잃은 사람들
제 가슴 한 조각씩 얹은 탑이 있는 곳
당신은 모르네 그 절은
아무나 갈 수 없지
검은 물 가로막는 저승을 지나
가슴 저미는 안개 넘어야 하는 곳
행여 운이 좋아 그 앞에 들어선들
목숨마저 던지는 슬픔 모른다면
눈물로 세운 산문山門을 찾지 못하니
엉뚱한 계곡에서 멀리 보이는
폐광 건물처럼
그저 인연이 없었다 생각하고
열목어처럼 울다 가시길

* 정암사 : 고한읍 고한리 태백산에 있는 절

ⓒ천경선

미아

고향 왔는데
차부 앞 사거리에서 망설인다
길 끝마다 빈집
늙은 형은 아프고
친구는 문을 닫고
소녀는 시집갔다
깜빡이는 신호등
누군가 닮은 아이들이
깔깔거리며 뛰어가고
일 인분을 팔지 않는 식당들
얼굴 알아보기 전에
강둑으로 간다
선산 마주보며
조금 울다 돌아가야 할 듯

장터 옛날통닭
562-2998

2부

구절리

세상천지 더 갈 데 없어 구절리로 갔지 청량리에서 기차 타고 종점까지 울었던가 벼랑 앞에 길이 끝난 광부들의 마을은 사라지고 다시 파랗게 화장한 강물 위로 철쭉이 뭉텅뭉텅 떨어졌지 젖은 이마로 그믐달이 스러지는데 나를 잊지 않겠다던 사람은 오지 않고 지붕이 낮은 민박집에서 소주를 마셨지 구절리에 갔었지 구불구불한 미로 속에 숨고 싶었지만 길은 또 다시 이어져 강릉으로 내빼고 새벽엔 코앞에서 폭포가 절망처럼 떨어지고 있었네

광대곡

세 개의 폭포를 보려고
십 리 계곡을 오르려면
주인 허락부터 받아야지

한눈에 속을 읽는 마고할미는
부정탄 인간이 들어오는 걸
용서하지 않는다네

갈수록 험해지는 벼랑길에서
멀쩡한 솔가지가 살모사로 덤비거나
잘 가던 길이 없어지기도 하지

좋아하는 사람과 손을 잡고 오르면
벼랑 뒤에 숨긴 폭포를 보여주는 곳
하늘과 바위가 차가운 물로 만든 장광*
〉

강변에 매어놓은 소처럼 우물쭈물
속만 태우고 있다면
꿩들이 왁자하게 소란 피우는
광대곡으로 가야지
그대 속으로 이어진 계곡에서
하늘로 솟구친 쌍무지개를 볼 테니

* 장광 : 너른 공터의 강원도 사투리.

©정선군

우무룩하게

너에게 가면 늘 비가 와
재 하나 남기면 날이 흐리고
조양강 건널 땐 비가 쏟아지지
난 사막에 가야 대접받을 거랬지
여긴 사막이 아니어서 쓸쓸해
젖은 골목 젖은 기억들이
폐업 세일 전단지로 날리고
집으로 가는 길은 보이지 않아
모르는 얼굴들로 가득한
시장 한 귀퉁이에 앉아
곤드레막걸리나 마시다가
후회 짊어진 낙타들이 떠나는 걸 보고 있어
우리는 우무룩하게
서로 바라만 보는 사이
너에게 가면 바지가 마를 새도 없이
늘 비가 와

밥장군 일바보

밥은 두 배로 먹고
일은 반절도 못 따라가니
고향에서 천덕꾸러기

남들 일어날 때 자고
일할 땐 책이나 보니
이 무슨 화근인가 했을 듯

오십이 넘도록 돌아가지 못하고
어쩌다 들르면 사라지는 친구들

이 도시에는 머슴들 부리며
나 같은 바보들이
높은 자리에 앉아 있지
〉

그들도 한밤에 시를 쓸까
한 발쯤 비켜서서 팔짱 끼고
위태한 세상을 감시할까

오늘도 친구들은 나를 놀리네
밥장군 일바보라고
자기 머리 위에서
더 큰 똥장군들이 누르는 줄도 모르고

살구나무

아침에 살구가 떨어져요 아버지
떨어진 열매는 배를 열고
씨를 뱉어내지요

봄 산엔 철쭉이 피었나요
달이 떠야 보인다는 길을 따라
사라진 절이 나타나나요
삼층 석탑이 기울어진 대웅전에서
지금도 엄마는 절을 하고 있나요

아침이면 툭툭 살구가 떨어져요
해가 뜨면 일어나야 한다고
눈물나게 시어도 살아야 한다고
씨앗이 굴러가요 제 살길 찾아
〉

옛집은 팔리고
정원은 예식장이 됐는데
언제나 혼곤한 잠결에
아직도 살구가 떨어져요 아버지

운탄고도*

거울 비친 늙은 남자 보고 놀라는 날
기차 타고 고한 간다
살겠다고 제 속 파고 내려가
석탄 캐던 사내들
사고가 있건 없건 노상
바닥에 주저앉아 울던 여자들이
새벽차로 떠나던 골짜기
지금은 꽃이 핀다
어둠이 녹아서 뿌리가 되고 줄기가 된
동자꽃 물레나물 개갈퀴
차마 꽃을 꺾지 못하는 화절령에서
갱도가 무너져 연못이 된 도롱이못에 이르면
푸른 숲을 검은 화석으로 바꾸던 세월이
반짝이며 저리 아름다울 수 있다니
걸음마다 잊었던 얼굴들 떠올라

외발 수레에 가득 싣고
울며 간다 다음 마을까지

* 운탄고도 : 고한의 탄광에서 석탄을 나르던 길로 1,000미터가 넘는 산들을 지나간다.

©천경선

사택지

주민이 있다는데
버스도 멈추는데
아무도 안 보인다
폐광이 되면서
대부분 빈 집이지요
몇 사람 남았다는데
낮엔 안 보여요
문짝이 떨어져나간
방 두 칸짜리 집들
안개 속에 묻혀 있다
갱도를 무너트리고
조난당하고 싶다던 넌
어디서 마지막 편지를 썼을까
검은 골목에서 훔쳐보는
하얀 강아지 한 마리

무너져 보전된

내 안의 유적지

두꺼운 책

-정연에게

너는 몰운대에 앉아 있었지
한여름 햇볕에
매미들이 극성을 부리고
아무도 보이지 않았어

혼자 있고 싶어서
절벽 끝으로 올라갔건만
벼락 맞은 소나무 그늘 아래
네가 먼저 있었네

광대곡 주인은 마고할미라던데
몰운대 주인은 젊은 여자였지
태풍을 타고 용들이 오는지
멀리서 천둥이 울렸어

>

ⓒ정선군

벌써 오래전 기억이라
내 삶처럼 흐릿하지만
너는 두꺼운 책을 읽고 있었네
한 번도 보지 못한 푸른색 표지

지금도 몰운대는 있지만
난 더 이상 혼자 다니지 않네
이제는 말라죽은 소나무 아래
푸른 책장이 주루룩 넘어가고 있네

장마

비 많이 오던 때가 있었지
주말이면 어김없이 쏟아져
맨머리로 맞던 장대비

붉은 물 밀려와
동네 양어장 다 터지고
논두렁에서 송어를 잡았지

강릉 바다 보기로 한 날
임계 가는 버스 떠날 때
너는 어디 있었니

이제는 가뭄에 강이 끊기고
조양강 맨바닥에
물고기들이 하얗게 죽는다네
>

혹 비가 올지 모르는 저녁
접은 우산 들고 강둑으로 가면
미안하게 깔리는 노을 아래
다리 건너 흐릿한 네가 울고 있을까

용궁

비가 많이 와 가수리 다리가 잠겼단다 문덕이네는 괜찮을까 추석에 내려가면 고추 열댓 근 가져오기로 했는데 여울 지나 깊은 소 어딘가에 용궁으로 가는 문이 있다 속삭이더니 그리로 내빼면 안 되는데 워낙 재빠른 놈이라 안심이 안 되네 친구야 올겨울 멧돼지 잡으면 부른다던 약속 지켜라 소처럼 커다란 아들에 예쁘장한 각시 두고 어디 가기야 하겠냐만 하늘도 도와주지 않으니 도대체 언제나 농부도 행복해지는 세상이 올까

유랑 가수

태백산맥 한가운데 우리 동네는
군청도 있고 읍사무소도 있지만
없는 게 더 많았네

안경이 깨져도 원주로 가야 하고
티비씨가 안 나와 요괴인간도 못 봤지
검열받던 신문마저 어제 뉴스가 배달되었어

갓 졸업한 선생들은 다음 날이면 달아나
미술 선생이 한문을 가르치고
음악 선생은 슬리퍼로 빰이나 때렸지

기타 배울 데 없는 내 꿈은
대학가요제 출전이었고
온순한 소녀들은 화가가 희망이었네
〉

석탄 싣고 나가는 화물 열차처럼
검은 시간은 소리나 질러대고
갱도가 무너지면 여자들이 울었지

그림 그리고픈 소녀는 아줌마가 되고
로커가 되고팠던 나는 빈털터리가 되어
다시 어두운 골목을 보네

저기 초등학교 은행나무 아래
기타 딩딩 노래 한 곡조 풀면
박수나 한번 쳐줄 텐가

특활 시간 포크 댄스 추던 손으로
어색하게 웃으며
백동전 한 닢 던져주련가
>

기차는 늦은 밤 떠나고
노을은 남산에 걸려 피 흘리는데
아무도 발을 멈추지 않네

블루앤블루스

흑인 노예가 재즈를 만들었으니
가난한 산골 농부가 부른 아라리도
재즈라네
째지게 가난해야 슬픈 노래 나오는 법
기타 치는 석호는 정선시장에서 커피를 뽑지
가난이 가꾼 열매를 검은 독으로 만드네
맨정신으로 순하게 살다
가끔 돌아버리는 사람들이
이 가게 저 가게 방황하는 장날
첫사랑은 아이를 업고 지나가고
오랜 친구는 쇄재를 넘어갔지
이제 가면 또 언제 보나
오늘 처음 본 사이처럼
막차 시간 좀 남았거든
저 푸른 문 안으로 가
쓴 우울 한 잔 땡겨보세

Wine
Brunch
Coffee

첨잔

소나기 한 줄기 오신다

장날 아닌 시장은 조용한데
산초두부에 소주 한 병
완벽한 지붕은 없다
벽을 타고 비가 튀고
손등도 젖는다
얼마나 많은 빗물이
나를 지나갔던가
어두운 골목에 술꾼은 나 혼자
빗물이 첨잔하는 잔을 받는다

소나기 한 줄기 가신다

곤드레 이야기
Food alley
먹자골목 ②
치킨, 닭강정

조양강*

정선은 흐리고 비 오고
역전으로 가는 다리 아래
묶인 배는 울고
사공은 졸고 있다
오일장이 열리면
호기심에 배를 타는 관광객들은
모른다 얼마나 많은 이별이
이 배를 타고 갔는지
또 얼마나 많은 집들이
죄 없이 떠내려갔는지
오늘도 정선은 비 오고
입안 가득 흙을 뱉으며
내가 떠내려간다
이 강은 이제 건널 수 없다

* 조양강 : 정선읍을 흐르는 강, 하류인 영월에선 동강이라 부른다.

저물녘

오일장이 끝나는 일곱 시까지 기다렸지
뜯어진 종이 상자를 치우는 시간
종선이네 수리취떡도 바닥을 드러내고
허리 굽은 어머니가
두부찌개 한 솥 끓여줬지
허겁지겁 소주를 들이키며
서로 취직한 아들 소식 교환하고
문득 딸 시집보내는 미선이 얘기를 했던가
집 밖에 안 나오는 대동이 얘기를 했던가
새벽에 문 여는 친구는 하품을 하고
우리는 불 끈 가게 앞에 앉아
마지막으로 커피를 마셨지
이 집 짓느라 진 빚 다 갚았다고
이제는 낚시도 다녀야겠다고
시장 지붕 위로 달이 기울고 있었네

말을 하진 않았지만

이 지루한 날들 견디는 일이 참

매련*도 없었네

* 매련없이 : 형편없다는 정선 사투리.

3부

신월리

태양을 삼킨 손자들이
나무돼지*를 쫓아가요 아버지
선산이 쩡쩡 울리네요
평생 집 한 칸 못 지은
저는 저물고 있는데
거긴 물봉선이 피었나요
알밴 메기들도 올라왔나요
제 무덤 자리 위에도
오늘 밤 새 달이 나오고
재 너머까지 환히 비추겠지요

* 나무돼지 : 오래 묵은 멧돼지 등에는 나무 한 그루씩 자란다 한다.

민둥산

올해도 천마가 내려왔더나
슬피 울며 억새밭을 헤매다니드나
세상 갈아엎을 장사가 버거운 사람들이
벼랑 일구며 사는 동네
어딘가에 그를 묻었다느나

고려가 망하고 조선도 망해도
산꼭대기엔 나무 한 그루 자라지 못하고
요새도 가을이면 사방에서
말 못 할 사연 한 짐씩 짊어지고 모여들더나

산길 곱씹다보면 만날 하늘에
날개 펼친 말 한 마리 울고 있는데
올해도 억새는 고개를 숙였더나
발밑에 묻은 설움들이 저려
햇볕만 찔려도 한 무리씩 쓰러지고 있더나

©정선군

배터거리*

당신은 내 붉은 마음 젊어지고
돈 벌러 떠나고
오늘도 빈 배 마냥 강변에 앉았어요

하류엔 물살도 꼬이고 계집들도 많다던데
검은 산 어느 여울에서 노 젓고 계신지요

어제는 소리개가 병아리를 채가고
새벽엔 쥐들이 옥수수를 갉는데
퍼런 달은 본 체도 않고
바람은 등을 훑고 무심히 지나가요

돌아가야 김맬 콩밭 백 이랑뿐
오늘도 어머니는 걸음마다 욕이네요
>

초생달이 뜨기 전에 돌아오세요
집 앞 무당소는 충분히 깊고
낯선 장꾼들은 자꾸 집 앞을 얼쩡거려요

여기가 설사 무릉도원이라도
당신이 없으면 무간지옥이지요

* 배터거리 : 나루터.

더덕교회

키는 커도 순했던 호경이는
목사가 되었다
정선에서 강릉 가는 임계에서
가장 외진 마을로 갔다
고양산에 농사짓는 백여 명 중
누가 신자고
누가 성직자였을지
농부들은 더덕을 심고
목사 내외는 더덕을 팔았다
십사 년 동안 향기가 고여
천막에 예배당 지었다
높고 볕이 잘 들어 고양리
소박한 교회에는
내 부랄친구 부부가 산다
신자가 아닌 내가

헌금을 하게 만드는
까도까도 향기만 짙어지는
더덕교회
호경이는 아직도 순하기만 하다

가을비

우리가 이 생에 다시 만나지 못한다 해도
어딘가에는 비가 오고 강물이 흐르니
살아 있는 것들은
훌렁훌렁 떠내려가
늙은 술집 다리에 걸리지 않겠나

안개가 산 아래 내려와
너 없는 문 두드리면
넘어진 거울만 남은 방에는
어둠이 무릎장단으로 아라리 한 수 뽑네

우리가 이 생애 다시 만나지 못한다 해도
뿌리 없는 것들 모여드는 바다가 결국은 있어
단풍 지고 눈 내릴 때
나이만 먹은 설움으로

돛대도 없이
가라앉은 나룻배 되어 기다리고 있지 않겠나

뺑대 앞에서

더 갈 수 없다니 돌아가야지
빡시게 높기는 하다만
강 따라 흐르면 넘어가겠지
맨날 길 물으면 고개 젓는 몰운대
화한 화암약수 한 잔 마시고 올라가도
민둥민둥 노는 봉우리는
천지사방 억새만 끄덕이고
금방 도착한다 천연덕스러운 사람들
곧 날이 저물고
별어곡역으로 노을이 당도하겠네
멈출 수 없으니 계속 가야지
다리에 힘도 남았으니
오늘 밤은 부처님과 정암사에서 자겠네

지장천*

엄마도 없고 안경점도 없는 마을
한 번 깨지면 원주까지 가야 하는
나는 심한 사시였지

열목어 보러 간 정암사
지팡이가 자라 거목이 되고
불상도 없는 빈집이 보궁이라더군

검던 물이 푸른 물로 변하는
만항재 아래
내가 못 본 세상이 있었어

착한 들 지나 절벽 사이 반짝이는
지장보살이 걸어가는 강
어디에도 지옥은 없었네
>

©천경선

검은색으로 도배한 방에서
당신을 원망하며
세상을 노려보던 내가 지옥이었네

돌장광*으로 내려가 보았지
비오리 떼 지나간 사이로 일렁이는
두꺼운 뿔테 안경

엄마는 편히 쉬고
지장천은 천국을 흘러가네

* 지장천 : 정암사와 선평을 지나 가수리로 가는 강.
* 돌장광 : 강변의 돌밭.

누리대

아박지와 밥상을 마주하면
맛있는 반찬은 아버지에게 가서
내게 건너왔다
계모의 눈총은 덤이었다

날이 따뜻해지면 산에서
누리대가 나왔다
아삭한 줄기를 씹으면
코를 찌르는 향이 나는 나물

누리대는 높은 곳에 살고
지금은 아버지도 없어서
이 도시에선 먹을 수 없다

정선 장날 친구가 부쳐준 누리대

초고추장에 찍어 먹으면
코를 찌르는 신선한 누린내
잃어버린 아버지가 씹힌다

상운이

위에 형이 하나 있었던가
홀어머니가 작은 식당을 했지
서로 그늘이 있어
비봉산 중턱에 있는 바위에서
해를 바라보며 놀았네
중학교 선생들 실적 올리려
가난한 우등생들 공고로 보내던 시절
해는 매일 떴지만
그 뒤론 못 봤네
오십 넘어 페이스북에 뜬
알 수도 있는 사람 칸의 사진
잘 생긴 얼굴이 그대로더군
우리가 건너온 우주는
그간 몇 개나 될까
아는 척하면 사라질까 두려운

가장 어둡던 날의 아름다운 기억들
오늘도 이 행성은 무서운 속도로 달리고
우리는 조금씩 바스라지고 있다네

두부찌개

방앗간 종선이엄마는
두부찌개를 끓이네
종일 떡 만드느라
피곤할 텐데
외아들이 먹고 싶다면
뚝딱 찌개를 끓이네
아들은 약아서
일 잘하고 손자도 둘이나 낳은
문산 처녀를 데려왔지
도움도 안 되는
술고래 친구들이 걱정이지만
오늘도 종선이엄마는
근심걱정 다 썰어
두부찌개를 끓이네

이소

정선시장 포목점 2층은
원단 창고와 원철이 방이었다

친구 아버지는 기차를 타고
매주 물건하러 서울 다닐 때
소설책을 사서 읽었다
읍내에서 가장 좋은 도서관이었다

우리의 베스트셀러는
세계배우백과였다
지도부 교사가 순찰하던 극장에서 숨어본
미성년자 상영 금지 미녀들이
활짝 웃고 있었다

일본 군복 같은 교복을 입고

학교에서 총검술을 배우던
뭐든 다 금지된 시절이었다

우리는 여배우 1등을 놓고 다투다
지치면 짐받이 자전거로 동네를 돌았다
정선 읍내가 점점 작아지고 있었다

부모 새들은 먹고 살기 바쁘고
새끼들은 2층 방에서
알아서 날개를 재단했다
이소하기 좋은 둥지였다

바위구절초

새벽에 깼어요
아직 어두웠지만
당신이 일어났으니
새벽이 맞아요

그날 이후
밤은 숨을 쉬지 않고
이 집엔 냉장고만 살아 있지요

빛의 속도로 달리는 당신이
얼마나 더 멀어져야
접속이 끊어질까요

누군가 물을 끓여요
창문을 쾅하고 열고

화산처럼 기침을 해요
두려워요 지금이 마지막이라면
내 마음은 어디로 끌려갈까요

새벽에 깼어요
아직 어두운데
시계는 멈췄어요
그래서 새벽이에요

백 미터

마침내 말 한 번 걸어보려
검은 교복 입고 뒤쫓던
역전 다리 위 백 미터

어두운 공설운동장에서
한 시간 미리 도착하고도
딱 그만큼 달아나버린 정신줄

목사님이 신자가 아니면 사귀지 말래
저주처럼 붉은 십자가에
돌팔매질하던 거리

나이 먹고 친구로 만나도
같이 마시고 함께 취해도
저만치 앞서 걷는 그녀와의 사이

>

작심하고 달려도 평생 건너지 못한
아우라지 건너편 솔밭 같은
백 미터 그 지긋지긋한

부탁받은 척 흰 봉투 들고
망설이며 서 있는 장례식장 안내판
도무지 믿기지 않는 이별과의 거리

쉰 눈

개도 잠든 밤 눈이 내린다
미처 치우지 못한 낙엽 위로

꿩들은 주리는데
누구도 사랑하지 않는 눈이 내린다

먼저 길을 지우고
강을 지우더니
산도 지운다
먼저 떠난 그대는 어디쯤인가

아궁이 옆에 앉아 설피를 손보는 밤
눈이 내린다 조용히 떠나라고
올라간 발자욱만 남은
반짝이는 절벽 하나 보여준다

정선에게

화암리* 벼랑인 양 버티는
너를 좋아했지
마음 한 번 받지 못한
짝사랑이었어

가문 여름의 옥수수밭처럼
매련없이 울다가
아무도 없는 역에서
밤기차 타고 떠났지
굴이 무너지고
철교가 끊어졌어

밀려난 것들끼리 거품이나 흘리는 하류에서
늘 입석으로 살았어
빈자리가 생겨도 앉지 않았지

언제든 돌아가야 하니까

가슴속엔 구멍이 생기고
점점 커졌어
한 방울 한 방울 그리움이 떨어져
종류석이 된다면
몇 억 년을 건너야 입구를 찾을까

오래 참은 아라리처럼
이제 나 돌아가려네
길은 흐리고
다른 우주가 머지않으니
바퀴들이 삐걱이며 비행기재*를 넘을 때
기어코 안개는 비가 되겠지
>

더는 오지 말라고
입술 터진 강물이 막아서고
나 따위 잊은 지 오래라고
좋은 사람 만나 잘 산다 해도
나는 기필코 가네 이 한 목숨
함백산 만항재 주목으로 남고 싶다네

* 화암리 : 기암절벽으로 유명한 정선 화암면 마을.
* 비행기재 : 평창에서 정선 넘어가는 험한 고개.

©정선군

4부

도원 일기

북풍 속에 사방이 얼었다
눈을 이고 주저앉은 산들 사이로
주린 멧돼지가 지나간다
대문 잠그고 불 때는 집들
강은 또 바닥까지 얼었을까
물고기들이 떼죽음을 당했을까
소금 사러 재 넘어간 사람은 소식이 없고
길 끊긴 마을에 노인들이 위독하다
바깥세상은 다시 난리라고
기차를 막은 소문이 불길한 겨울밤
재앙처럼 눈이 또 온다
봄까지 꼼짝도 말라고
언 길 위로 또 함박눈이 쌓인다

돌 축구

정선의 겨울은 축구 시즌
축구장도 공도 없는 아이들이
운동복도 축구화도 없이
꽁꽁 언 강으로 모이지

작은 돌부리 두 개로 만든 골대와
차기 적당한 넓적한 돌이 필요해
추위를 무시하는 자신감과
넘어져도 바로 일어나는 투지가 전부

눈 쌓인 자갈밭에 불 피우고
얼어터진 신발을 녹여보지 않은 사람은 몰라
추우면 추워질수록
공은 더 잘 나간다는 걸
>

겨울엔 태백산맥 한가운데에서
어차피 돌부리를 걷어차며 살아갈 자들이
콰당콰당 넘어지는 낙법을 배우며
깊은 수심을 숨긴 얼음판을 뛰어다니지
날이 저물도록 멈추지 않지

봉양섬

대동이네 집은 마당이 넓었다
밤이면 어둠이 깊어
몇 개의 방들이 섬처럼 반짝였다
주민들은 몰랐을 테지만
정선 읍내 한복판에 바다가 있었다
외항 선원을 기다리는 새댁도
밤새 한복을 짓는 대동이엄마도
등대로 반짝였다
단칸 부두에 묶인 형제를 보러
일요일 아침에 놀러가면
내겐 없는 엄마가 있었다
바늘과 인두로 태풍을 죽였다
일요일이면 그 섬에서 흑백 테레비로
외국 영화를 보았다
사철 잔잔한 날들이었다

꿩 사냥

ⓒ천경선

설도 다가오는데
꿩 잡으러 가자
만두 제사 지내려면
산이 기른 저 신성한 새
서너 마리는 잡아야지

위급하면 대가리만 처박는
종일 취한 친구여
빚 걱정은 농협에 맡기고
소식 없는 아내는 행복이나 빌어주고
꿩 잡으러 가자

화살처럼 날아오르는
장끼 한 마리 잡으면
깃털 머리에 꽂고

동네 아낙들 보란 듯이
고구려 무사처럼 돌아오자

더 매운바람 불기 전에 일어나 어서
꿩 잡으러 가자
읍내엔 무덤들이 가득 차고
밤이면 아버지가 울고 있으니
우리에게 남은 시간도 많지 않구나

불면증

은사시나무 서 있는 강변이었지
열여섯이었던가 열일곱이었던가
햇살 반짝여 잎사귀 흔들릴 때
지친 석탄 실은 기차 지나갔지

하얀 돌을 찾으며 고개 숙인 네 머리끈이
분홍이었던가 노랑이었던가
매미들 어지럽게 울고
불거지 튀어오르는데
건너편에선 수도국 취수탑이
아름다운 시간들을 빨아들였지

지금은 얼음 천 리 겨울 한복판
우리 다시 만나기엔 늦지 않았을까
흰 머리 가득한 강 위로

곡조 알 수 없는 노래하며
까마귀 날아가는데
긴 밤 뱃줄 걸고
강을 건너고 있다네

사라진 마을

기억 저쪽엔
검은 마을이 있다
검은 산과 검은 강
검은 사람들이 있다

속으로 속으로 파 들어가
종래엔 무너질 때까지
멈추지 못하던 곡괭이질

파도 파도 나오는 건 슬픔이다
너무 검어서 윤이 나는 슬픔
당신은 한기를 막으려 불을 지피지만
불꽃 속에 숨은 눈물은 모른다

폐가 마를 새가 없는 사람들이

얼마 남지 않은 날들을 넘기며
소주를 마시던 골목
정전이 되던 밤
누군가 봤다고도 한다

용마소

아기장수 기다리다
푸른 물에 몸을 던진 용마는
왜 날아가지 않았을까

왕조에 반역도 하기 전에
자식을 눌러 죽이는
화전민의 감당할 수 없는 꿈

숲을 재로 만들고
그 위에 씨앗 뿌려
간신히 먹고 사는 팔자

말이 죽자 소는 메워져
절벽 아래 얕은 물가는
아이들 놀이터가 되었다
>

환한 알몸들이 환호성 속에서
공중에 솟구쳐 자맥질할 때
겨드랑이에 깃털이 보인다

©정선군

생일 제사

황소가 꼬리로 달 때리는 밤
옥수수밭에 뜸부기가 울어요 아버지
기침은 그만 접고 메기 잡으러 가요
형들은 손전등 들고 지붕으로 올라갔어요
맨손으로 잠든 새를 잡으면
온몸이 따뜻하지요
오늘 올린 구운 물고기는
큰형이 그물로 잡았어요
금방이라도 한소리 할 듯
근엄한 표정은 그만 치우고
뒷산으로 꿩 잡으러 가요 아버지
꿩이 없으면 산비둘기라도 잡아요
요즘 누가 생일 제사를 지내요
며느리들도 늙었어요
이제는 사라질 기념일

ⓒ정선군

때로는 잊히는 게 자연스럽지요
그러니 초롱꽃이 지기 전에
담배 연기 자욱한 친구 집으로
밤마실 가요 아버지
바둑도 두고 마작판도 벌이면서
이승에 남겨둔 집 걱정은 마세요
우리도 알아서 잘 살게요

철길

오래된 신작로는 너무 돌아서
지름길은 철길이었다
석탄 실어나르려고
태백산맥 한가운데를 뚫은 길

주민들은 기차 시간을 외우고
외줄기 철다리와
불도 안 켜진 굴속을 걸어다녔다

아이들도 책가방 메고
시퍼런 강물을 내려다보면서
세상의 험난함을 배운 길

네가 멀미로 버스에서 내려
연두 치마 펄럭이며 사라지던

그 창백한 터널

끝이 보이지 않던 강철의 길
등 뒤에서 고함을 지르며
검은 기차가 쫓아오는
그 길을 아직도 걷고 있다

역전

기차는 새벽에 떠나
열 십 자로 묶인 헛된 희망은
또 얼마나 많은 굴들을 지나갈까

이제 등 뒤엔
기다리지 않는 도시들만 있고
줄지어 매달린 서글픈 화물칸들

네 종착지는 어디니
오늘 밤 늙은 소처럼 소주를 마시면
이번 이별은 쉽게 건너갈까

잡화
담배
강원상회
강원여인숙

콧등치기와 황기족발

성길이는 초등학교 때 전학 왔는데
키는 작고 얼굴이 예쁘장했다
여탄 사람인데 살기 어려워
엄마가 콧등치기 식당을 했다
새벽부터 한밤까지 메밀국수를 삶았다
밤새 마신 술이 탈이 나면
그 집 국물이 살려주곤 했다
지금은 장날이면 관광버스가 찾아오는
동광식당 사장 성길이
황깃물에 졸이는 족발 담당이다
저녁이면 행방이 묘연한데
여탄에 도깨비가 용하다더니
족발은 거기서 삶는 모양이다
요리 비법은 안 가르쳐줘도
술은 잘 사주는 성길이

밤새 취하면

새벽엔 엄마가 콧등치기 내줄 테니

정선의 음주는 깔끔하다네

일곱 난쟁이

정선 산골에 일곱 난쟁이가 살았는데
다 알다시피 금을 캐는 광부였다
금이란 게 항상 나오는 물건이 아니어서
눈치 빠른 혁종이는 대처로 가 돌아오지 않고
원철이는 엄마 모시고 대구로 가고
철규는 정치판에 뛰어들었다
정선에는 불 끄는 대동이와
수리취떡 만드는 종선이가 살고
시 쓰는 나는 가끔 술 마시러 간다
아직 하나가 빠진 건 기억력이 나빠
도대체 일곱 번째 난쟁이가 누구인지
저마다 기억이 다르기 때문이다
마녀가 다스리는 세상은 험해서
물에 빠져 죽기도 하고
차에 치기도 하고

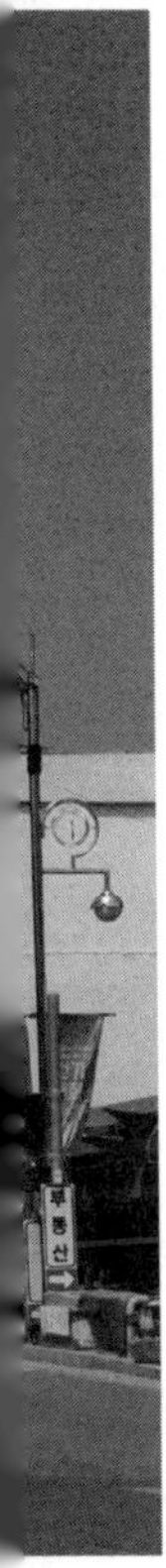

겉은 멀쩡해도 이미 죽은 놈도 많다
장꾼들이 빠져나간 저녁
폐광에 저녁놀이 질 때
녹슨 잔을 들며 우리는 외친다
백설공주님을 위하여
다 알다시피
뭐 뻔한 얘기지만 이제
공주는 오지 않는다
이 세상엔 난쟁이들만 남았다

위리안치*

울타리에 가시나무 심고
위리안치 된다
풀려날 수 없는 죄
널 향한 마음
서책은 열지 않아 곰팡이 슬고
헝클어진 머리 혜성처럼 불타는데
답답한 세상에 맞선
이 짧은 한생 지나가면
제장마을* 벼랑에도 물길이 뚫리고
용이 승천하며 남긴 발톱 보게 되리니
부디 나를 잊어라
지금은 스스로 고통이 적당하구나

* 위리안치 : 울타리 밖으로 나올 수 없는 유배형.
* 제장마을 : 정선의 강과 벼랑으로 둘러싸인 마을.

정선역

개찰구 열리고
승차권 확인하는 역무원이
가슴에 구멍을 냈지

서울 가는 네 시 기차
날카로운 출발 신호 떨어지고
두 자리 빈 기차는 떠났네

이 짧은 생
어제 약속에 오늘은 없는 것
내일도 없이 이별만 계속인

술집마다 들어가 취하고
보는 사람마다 물어봐도
너는 어디에도 없네
>

정선역은 언덕에 있지
헐떡이며 계단 오르면
산을 뚫고 기차가 달아나지

떠나는 사람들 줄 서고
나는 문밖을 서성이는데
너는 이제 어디로 갈까

정선을 떠나며

북동 사람들이 장에서
막걸리 마시다 털어놓는
호랭이 얘기처럼
지만 아는 골짜기에 숨겨진
산삼 구뎅이처럼
길도 없는 벼랑 위에 고무신만 남긴
아직도 못 찾은 새댁처럼
너도 없는 강변에 피는 할미꽃처럼
평생 구하지 못한 내 방 한 칸처럼
함백산에 서 있다는 정암사 금탑은탑처럼
나는 간다
미쳐 곡조를 만들지 못한 아라리처럼
살아 있지 않아도 제자리를 지키는
몰운대 소낭구처럼
매일 밤 용소를 울리는 이무기처럼
설마 없어지기야 하겠나

©정선군

발문

시로 쓴 정선에 새긴 시간의 지층

-전윤호 시집 『정선』에 부쳐

최준/시인

발품 팔지 않으면 아는 얼굴 만나기 어려웠다. 첩첩 산에 둘러싸인 자연 감옥을 여울물로 흘러 탈출한 이들은 다시 돌아오지 않았다.

골골마다 계곡물 소리. 무언가로 꽉 채워진 듯도 하지만 안쪽은 텅 비어 있는, 키보다 더 크게 자라 바람이 불 때마다 서걱이던 산비탈의 옥수수 대궁들. 화전으로 일군 척박한 돌밭에서 계절을 영글던 감자알들. 시간이 한

없이 늘어져서 폭설의 겨울엔 좀처럼 꽃 피는 봄이 올 것 같지 않고, 여름은 영영 끝나지 않을 것만 같았던.

살던 집을 버리고 떠난 이들은 어디에다 지친 몸을 부리고, 먹고살기 위해 낯선 객지를 떠돌았을까. 그들의 가슴속엔 고개 들어 쳐다보던 손바닥만 한 하늘이 내내 지워지지 않았을 텐데. 길고 힘겨웠던 유폐의 시절을 벗어나 마침내 해방감의 자유를 느끼게 되었을까.

오일장이라도 서면 멀고 가까운 마을에서 괭이와 호미를 내려놓은 사람들이 몰려들어 제법 활기를 띠기도 했던 읍내 장터. 좌판 고무함지에 놓인 간절인 고등어 비린내라도 맡노라면 일생 마주하지 못한 먼 바다를 꿈꾸기도 했을까.

'정선'이라는 동네는 그렇게 문명의 외곽에 오도카니 웅크리고 앉아서 딴 세상으로 통하는 오솔길 하나만 겨우 열어놓았었다. 영월과 태백으로 가는 비행기재와 태백과 삼척으로 이어진 만항재가 외계와 소통하는 유일한 길목이었다. 정선아라리 한 소절 읊조리며 온종일 넘어야 했던 굽이굽이들. 그렇지 않으면 교실 한 칸보다도 작은 역사(驛舍)에서 표를 끊고 완행열차에 올라야만 했던. 그 척박한 오지를 고향으로 둔 소년이 있었다.

태어난 소읍에서 중학교를 마친 소년은 고향으로부터 아주 멀고 큰 도시 춘천으로 유학길에 올랐다. 때 이른 타지 행이 소년의 의지는 물론 아니었을 것. 소년은 자신의 앞날에 대한 고민 대신에 어른들의 막연한 기대와 희망을 호주머니에 지폐처럼 소중하게 간직하고 있었을 테다. 정작 어른들의 희망이 무엇이었을지는 까마득히 모른 채. 그런데, 유학길에 오른 소년은 어른들의 기대를 아주 분명하고도 성실하게 배반하고 만다. 이후의 그의 인생사는 유학길이 마련해놓은 애먼 결과물이었다.

시인 전윤호.

나는 그를 알고 있다. 오래됐다. 내 기억 속 최초의 그는 40년 가까운 세월 저쪽에서 까만 교복을 입고 오도카니 서 있었다. 키가 훤칠했는데, 몸태가 수직으로만 자란 자작나무 같았다. 시력이 아주 안 좋은지 무거운 뿔테 안경을 콧등에 걸치고 있었다.

그는 고교 3학년이었다. 나는 그보다 한 해 먼저 같은 고등학교를 졸업했다. 그의 기억에 남아 있을지 모르겠으나, 문예반 선배랍시고 다른 동문들과 모교의 교내 문학 행사에 불려갔다가 그를 만났다.

소설가와 시인이셨던 문예반 담당 선생님들과 함께한 자리에서 그는 선배들과 눈을 잘 맞추지 못했다. 남녀공학이 아닌 사내아이들의 학교였으니 수줍어서 그랬던 건 아니었을 것이다. 3학년이 되어서야 문예반에 때늦게 발을 들여놓은 게 원인이었을지. 한 발 먼저 낯을 익혔던 다른 후배들과는 달리 다소 데면데면했던 그와의 첫 만남은 이후의 지속적인 교류에 비춰보면 선뜻 이해할 수 없는 상황이기도 했다.

같은 고등학교의 문예반 선후배라는 빼도 박도 못 할 관계를 앞세우고 이런저런 이유들로 만남을 가지면서, 나는 명랑 활달한 그가 의외로 내성적인 성격의 소유자라는 느낌을 갖게 되었다. 자신에 대한 결벽성이랄까. 아니면 인생길로 삼은 문학에 대한 염결성이랄까. 아무튼 그 비슷한 정서들이 혼재되어 바윗돌처럼 완강하게 그를 버티고 있는 게 아닌가 하는 생각이었다.

사람이란 본시 함께하는 시간에 비례해서 서로를 알아

가게 된다. 시인 전윤호와의 관계도 이러한 일반성으로부터 크게 벗어나지 않는다. 내가 그와 심정적으로 급작스러울 만치 가까워지게 된 건 그의 고향을 알고 나서부터였다.

강원도 정선.

그와 나는 고향이 같았다. 저마다 홀로일 수밖에 없는 객지에서 동향인을 만난다는 건 아주 각별한 인연. 더구나 동향이라는 데가 다른 어디도 아닌 정선이라면 얘기가 또 달라진다. 거기에 어떤 이유가 더 필요한가. 고개 들면 사방 산이 병풍처럼 둘러서서 탈출구란 도무지 보이지 않는 곳. 유배지나 진배없는 산골 태생이라면.

우리는 유폐의 삶을 산 부모님의 의지가 등 떠밀어 보낸 안개의 도시 춘천에서 청소년 시절을 함께 지냈다. 나중에 알게 된 사실이지만, 그의 선친은 정선 읍내에서 병원을 운영하신 의사였다. 그러니까 그는 병원 집 아들이었다. 인연의 끈이라는 게 얼마나 집요한 건지, 정선에서 보낸 유년 시절에 나는 어머니의 손에 끌려 그의 아버님이 운영하는 병원에서 엉덩이에 주사를 맞았던 아픈 기억도 있다. 언젠가 술자리에서 아버님의 병원을 지금은 형님이 운영하고 계시다는 말을 들었던 기억이 있다.

나는 그의 집안 내력에 대해 세세하게 알고 있지는 않다. 하지만 성장기에 고향 정선을 떠났던 떠돌이 처지들이라는 공통분모가 있다. 그럼에도 차이점이 있다면, 오래전에 정선을 마음에서 지운 채 망향의 상실감으로 아파하는 나와는 달리, 그는 예나 지금이나 자신의 고향 정선을 둥지가 그리운 새처럼 가슴에 품고 산다.

정선으로 시작해 정선으로 끝나는 이 시집은 이별과 서러움과 같은 전통적인 정한(情恨)의 정서가 전편을 누비지만, 들풀처럼 무성한 그의 고향 사랑이 행간들마다 절절하게 녹아들어 있다. 그에게 정선은 문명의 외지에서 체험한 자연의 풍경으로 오버랩해 각인된 산수화가 아니다. 현재를 살아 숨 쉬고 있는 생물이다.

그의 의식의 움직임은 정선의 산과 물을 말할 때 인적(人跡)마저도 지워내지는 않는다. 거기엔 그 자신을 포함해서 하나의 풍경을 이루어 삶을 살아내던 그리운 이들의 모습이 바람결 물무늬로 어우러져 아른거린다. 그들은 한 세대쯤 뒤처진 열악한 환경을 애써 극복하려 하거나 혁명적인 변화를 꿈꾸는 이들이 아니다. 자연에 동화되어 자신의 처지를 자연의 일부로 여기며 살던 순박한 사람들이다. 객지에서 보낸 짧지 않은 세월 속에서 그는 단 한순간도 고향을 버려두지 않았다. 고집스레 껴안고 여기까지 왔다.

고향을 떠나 살고 있는 이들에게 고향은 늘 다시 돌아가고 싶은 생의 회귀점이다. 대학에서 역사학을 공부했던 그의 해박한 역사 지식은 그를 과거 지향의 성향으로 만들었을지도 모른다. 그는 자신의 고향 정선을 '도화원(桃花園)'으로 여긴다. 신선이 산다는 이상향. 세상으로부터 지워지는 꿈의 장소. 정선은 그에게 여전히 속세와는 다른 탈속의 세계다.

한 자아에게 깃들어 있는 그리움과 슬픔은 한 몸통이 아닐까. 그의 정선 시를 읽으면 그런 생각이 든다. 그는 정선의 현재와 자신이 자란 과거의 고향을 연대기적 시간대 위에 가지런히 놓지 않는다. 그에게 간직된 정선은 시들에서 과거의 모습을 그대로 재현한다. 세월이 얼마인데 정선이라고 변화가 어찌 없을 수 있었을까. 하지만 그의 고향 정선은 예나 지금이나 여전히 도화원이다.

촌놈 소리 듣는 걸 남세스러워하지 않고 자신이 정선 촌놈이라 자랑스레 말하는 그. 정선을 시로 쓰는 그는 현실의 몸을 어디에 부려놓든지 정선에서 살고 있는 시골 소년이다. 정선은 그에게 있어 문학의 샘터다. 관념을 구체화하는 건 어렵지만, 관념이 아닌 경험을 관념화하는 건 더 어렵다고 여기는 나로서는, 시인 전윤호의 고향에 대한 사랑이 관념화되지 않는 것에 고마움을 느낀다. 고향이 관념이라면, 풍경은 사라지고 추상만이 남을 테니까.

세월의 더께가 얹혀 덩치가 민둥산만 해진 시인 전윤호를 만나면 정선의 안부부터 먼저 묻고는 한다. 그는 한 해에 한두 번 숨어들듯 후딱 당일치기로 도둑놈처럼 몰래 다녀오는 나보다 정선행이 훨씬 잦다. 그의 꾸준한 고향 행이 이번 시집을 만들었을까. 정선이 낳은, 정선을 빼닮은 시인 전윤호가 큰 숙제를 했다.

세상엔 공평한 게 딱 하나 있다. 세월이다. 시간을 보낸 공간은 서로 달랐지만 그도 나도 어느덧 중년을 살고 있다. 그는 참 많은 글을 꾸준히 쓴다. 게으르기로 치면 둘째가라면 서러운 나는 그의 전방위적인 부지런한 글쓰기가 제일 부럽다.

그는 어려운 얘기들을 참 쉽게 쓴다. 정선 시집만 해도 그렇다. 정서적인 공유가 있어서일까. 나는 사랑과 그리움으로 절절한 그의 정선 시편들이 구구한 덧말을 필요로 하지 않음을 누구보다도 잘 안다.

고백하자. 나는 떠돌이의 삶 내내 고향 정선에 대한 모종의 부채 의식을 좀처럼 떨쳐버리지 못했다. 고향에게 무언가 갚아야 할 게 분명 있는데 선뜻 용기를 낼 수 없었다. 시인 전윤호가 자신의 시집으로 내 마음의 빚을 대신 갚아주었다.

그에게 고마움을 전한다. 고맙다, 윤호야. 건강해라. 너에게는 그래야 할 이유가 있다. 아프지 말아야 할 자격이 있다. 너의 정선은 곧 나의 정선이기도 하니.

멀지 않은 날 만나서 술 한잔하자. 네 정선 시집을 옆자리에 데려다 앉혀놓고, 맑은 물이 키운 고기들로 매운탕 얼큰히 끓여서.

달아실 기획시집 08

정선 旌善

1판 1쇄 발행 2019년 6월 30일
1판 2쇄 발행 2023년 7월 14일

지은이 전윤호
발행인 윤미소
발행처 (주)달아실출판사

책임편집 박제영
디자인 전부다
법률자문 김용진, 이종진

주소 강원도 춘천시 춘천로 257, 2층
전화 033-241-7661
팩스 033-241-7662
이메일 dalasilmoongo@naver.com
출판등록 2016년 12월 30일 제494호

ISBN 979-11-88710-42-3

* 이 도서의 국립중앙도서관 출판예정도서목록(CIP)은 서지정보유통지원시스템 홈페이지(http://seoji.nl.go.kr)와 국가자료공동목록시스템(http://www.nl.go.kr/kolisnet)에서 이용하실 수 있습니다.
(CIP제어번호 : CIP 2019022478)
* 잘못된 책은 구입한 곳에서 바꿔드립니다.
* 책값은 뒤표지에 표시되어 있습니다.